AF312160

31 mai 1906

V

Collection HAKKY-BEY

ANTIQUITÉS

ANTIQUITÉS

CATALOGUE

DES

ANTIQUITÉS

Composant la Collection HAKKY-BEY

ET DONT LA VENTE AURA LIEU A PARIS

HOTEL DROUOT, SALLE N° 7

LES JEUDI 31 MAI, VENDREDI 1ᵉʳ ET SAMEDI 2 JUIN 1906

A DEUX HEURES

<table>
<tr><td>COMMISSAIRE-PRISEUR</td><td>EXPERTS</td></tr>
<tr><td>Mᵉ PAUL CHEVALLIER</td><td>MM. ROLLIN ET FEUARDENT</td></tr>
<tr><td>10, rue Grange-Batelière</td><td>4, rue de Louvois</td></tr>
</table>

EXPOSITION

Le Jeudi 31 Mai 1906 (Premier jour de Vente), de 1 h. à 5 h.

CONDITIONS DE LA VENTE

Elle sera faite au comptant.

Les adjudicataires paieront *dix pour cent* en sus des enchères.

L'exposition mettant le public à même de se rendre compte de l'état et de la nature des objets, il ne sera admis aucune réclamation une fois l'adjudication prononcée.

Paris. — Imprimerie de l'Art, E. Moreau et Cⁱᵉ, 41, rue de la Victoire.

ANTIQUITÉS

ASSYRIENNES, ÉGYPTIENNES

GRECQUES, ROMAINES, ETC.

POTERIE

1. Double gourde phénicienne, provenant de l'île de Chypre. Décor géométral noir sur terre blanche. Anse brisée.

2. Aryballe corinthien. Sujet : Sirène entre deux lions.

3. Petite amphore grecque, à peinture noire. Guerrier entre deux figures drapées.

4. Coupe profonde, à deux anses. Sur chaque face, deux Sirènes entre deux coqs. Ancien style. Peinture noire rehaussée de rouge et de blanc.

5. Autre : Minerve combattant un géant.

6. Autre : Chien entre deux Sirènes.

7. Coupe à deux anses. Décor de palmettes noires.

8. Coupe à peinture rouge sur fond noir ; Homme barbu couché sur un lit de repos et tenant à sa main droite avancée un diptyque (?)

9-11. Petit vase en forme d'outre (terre rouge). — Tasse à deux anses
      (peinture noire). — Lécythe orné de bas-reliefs : Triton jouant
      de la lyre, masque barbu, couronne de feuillage (terre pâle).

12. Amphorisque en terre noire; décor en relief.

13. Moule de plateau, le marli orné d'une guirlande.

14. Couvercle de vase, décoré de figurines et de lettres en relief. Ancien
      style (?).

15. Anse d'amphore d'Olbia, portant le nom de l'astynome.

16-18. Trois lampes antiques, dont l'une chrétienne.

19-20. Deux grands vases péruviens, ornés de masques et de rosaces en
      relief; décor géométral en creux.

21. Vase de fabrique marocaine.

TERRES CUITES

22. Jeune femme debout, tenant un éventail en forme de feuille. Elle est vêtue d'une tunique et d'un manteau bleu qui lui sert de voile. Coloris antique. Tanagra. — Haut. : 0,145.

23. Éphèbe grec debout, s'accoudant à un cippe et tenant un masque de théâtre. Buste et bras à découvert, tête ceinte d'un strophium. Tanagra. — Haut. : 0,19.

24. Fillette drapée dans une tunique et un manteau, le bras droit nu et pendant le long du corps. Tanagra. — Haut. : 0,14.

25. Femme nue, debout, les bras levés symétriquement pour passer une bandelette autour de ses cheveux. — Haut. : 0,16.

26. Éphèbe assis de face sur un rocher. Il est vêtu d'une chlamyde et coiffé d'un chapeau plat. Tanagra. — Haut. : 0,147.

27. Jeune femme debout, tenant une pomme dans sa main droite avancée. Tanagra. — Haut. : 0,13.

28. Fillette debout, le bras droit replié et portant un pan de draperie. — Haut. : 0,137.

29. Acteur comique, en Silène, jouant de la lyre. Tanagra. — Haut. : 0,097.

30. Fillette assise dans un fauteuil et tenant un rouleau de papyrus déployé sur son giron. — Haut. : 0,112.

31. Jeune garçon nu, coiffé d'un chapeau plat et assis de face sur une pierre cubique. — Haut. : 0,103.

32. Caricature de vieille femme. — Haut. : 0,097.

33. Fillette drapée, debout. Tanagra. — Haut. : 0,105.

34. Autre, tenant un oiseau (dont la tête manque). — Haut. : 0,105.

35. Éphèbe drapé dans une chlamyde et assis de face sur un rocher. Tanagra. — Haut. : 0,131.

36. Fillette drapée, debout, les bras et les mains recouverts du manteau. Même provenance. — Haut. : 0,126.

37. Jeune femme drapée, debout, coiffée d'une couronne de fleurs, à lemnisques, le bras droit levé, l'autre avancé et portant un pan du manteau. Les mains manquent. — Haut. : 0,185.

38. Nourrice assise, tenant un enfant sur ses genoux. Coloris antique. Tanagra. — Haut. : 0,097.

39. Jeune Tanagréenne debout, le corps de face, la tête légèrement tournée vers la droite du spectateur. Son bras droit se dissimule sous le manteau, qui s'arrête aux genoux. — Haut. : 0,18.

40. Éphèbe debout, tenant à la main gauche une lyre faite d'une carapace de tortue. Le devant du corps est à découvert, sauf les bras, sur lesquels se dessinent les plis du manteau. Coloris antique. Béotie. — Haut. : 0,27.

41. Amour adolescent assis, à gauche, sur un rocher. Il est couronné de lierre en fleur, et sa main droite tient un rhyton. — Haut. : 0,17.

42. Femme voilée, debout, les bras sous la draperie. — Haut. : 0,23.

43. Jeune déesse d'ancien style, coiffée du *polos* et assise sur un trône, les mains posées symétriquement sur le giron. Costume des Athéniennes du ve siècle. — Haut. : 0,26.

44. Fragment d'une figurine de femme drapée. Au revers, ΦN en monogramme et ΑΝΔΡΟΜΑΧΗ.

45. Amour enfant, au vol, le bras droit tendu en avant. Traces de do-
rure sur la draperie ; au revers, un trou de suspension. — Haut. :
0,14.

46. Jeune fille nue, la main droite au sein, l'autre avancée et tenant
une pomme. *Strophium* dans les cheveux, draperie jetée sur
l'épaule. — Haut. : 0,173.

47. Petit Amour, couronné de fleurs, le bras gauche replié et portant un
manteau, la main droite abaissée et tenant une paire de souliers.
Au revers, un trou de suspension. — Haut. : 0,113.

48. Femme drapée, assise de face, coiffée d'une couronne de fleurs, le
bras droit tendu en avant. Le bras gauche manque. — Haut. :
0,22.

49. Jeune déesse diadémée, assise de face sur un trône, les mains posées
sur les genoux. Style hiératique ; première moitié du v° siècle. —
Haut. : 0,98.

50. Groupe figurant une jeune fille qui marche rapidement vers la gauche et porte sur son dos une Victoire ailée. La Victoire, dont
l'avant-bras droit et l'aile droite manquent, est coiffée d'une couronne de feuillage. Très beau style; base ovale. — Haut. : 0,33.

51. Bacchus jeune appuyé sur une Bacchante. Celle-ci est couronnée de
lierre, vêtue d'une tunique sans manches, qui laisse à découvert le
sein gauche, et d'une peau de chevreuil. Le dieu est nu, sa chlamyde ne couvrant que l'une des épaules, mais sa tête est parée de
lierre en fleur, et ses pieds sont chaussés d'endromides. Il se tient
debout, les jambes croisées, le bras droit replié comme s'il s'ap-
puyait sur un thyrse. Beau style. — Haut. : 0,27.

Vente Gréau, n° 1223. — Le pied gauche de Bacchus manque.

52. Grande statuette de Bacchus enfant, debout et de face, le pied gauche un peu plus avancé que l'autre, le bras gauche replié (pour tenir le thyrse, la main gauche tendue en avant, comme si elle tenait un canthare. Il n'a pour draperie qu'une écharpe nouée autour des reins; sa tête est parée d'une couronne de fleurs, d'une bandelette, de deux corymbes et de six feuilles de lierre. Très beau style. Coloration antique, base moulurée. Au revers, quatre trous de suspension. — Haut. : 0,40.

Vente Gréau, n° 358.

53. Combattant (gaulois?) nu, à la tête grotesque, la bouche entr'ouverte comme s'il poussait un cri. Il est coiffé d'un casque à cimier; au bras gauche il porte un bouclier en losange; sur sa poitrine, un carquois est suspendu à une bandoulière; son bras droit se lève pour lancer un javelot. Casque orné de volutes et de godrons; bouclier à *umbo* ovale, bordé d'une course de dents de loup. — Haut. : 0,28.

Collection Lecuyer, *première série*, pl. Z.

54. Amour montant un cheval au pas. — Haut. : 0,178.

55. Le dieu Bes, coiffé de plumes d'autruche. Basse-Égypte. — Haut. : 0,19.

56. Le même, la coiffure brisée. — Haut. : 0,195.

57. Buste d'une joueuse de double flûte (fragment de figurine).

58. Petit masque de Silène.

59. Têtes de figurines grecques : Hommes, femmes, enfants, Minerve, Bacchus jeune, Serapis, Hercule, acteur, types ethnographiques, etc., dont plusieurs de très beau style. — 26 pièces.

60. Petite tête de femme ailée, plantée dans un calice de fleur (Canouse).

61. Coq.

62. La truie d'Albe (petit relief).

63. Petit autel cylindrique, orné de bucrânes et de guirlandes.

64. Poinçon d'une anse de poêlon : Neptune debout, brandissant un
trident. Derrière le dieu, un phare: dessous, traces d'un masque
de l'Océan. — Haut. : 0,10.

    Vente Gréau, n° 1100.

65. Poinçon d'une anse de patère : Deux ceps de vigne plantés dans des
vases. — Long. : 0,17.

    Vente Gréau, n° 1101.

66. Poinçon figurant Diane debout sur une base. Le bras gauche de la
déesse s'appuie sur un flambeau, sa main droite repose sur la tête
d'un faon. — Haut. : 0,14.

    Vente Gréau, n° 1102.

67-68. Les deux poinçons d'un petit vase façonné en tête grotesque :
sous l'orifice, un rameau de lierre en fleur. — Haut. : 0,07.

    Vente Gréau, n° 1103-04.

69. Disque à suspension, représentant Psyché accroupie, de face, dans un
calice de fleur. Bords découpés, traces de couleurs. — Diam. : 0,16.

70. Brique ornée d'un masque de Méduse de beau style.

71. Palmette et masque de Méduse : fragment d'une plaque de frise.
Bords refaits en plâtre.

72. Antéfixe: Masque de femme, de beau style, coiffé d'un calice de fleur.

73. Grand masque de lion, ayant servi de gargouille. Quelques restau-
rations.

74. Masque de lion tirant la langue.

75. Pied humain, chaussé d'une sandale ; objet votif.

76. Tête de bélier.

77. Peson, orné d'un monogramme grec.

78. Cône funéraire égyptien.

79. Plaque égyptienne : Scarabée entre deux cynocéphales en relief.

80. Barillet assyrien, couvert de lettres cunéiformes.

VERRERIE

81. **Verres multicolorés**. Grand balsamaire d'ancien style. Verre bleu passé au brun , incrusté de dessins jaunes et blancs, ressemblant à des plumes. — Haut. : 0,18.

82. Autre, la panse couverte d'imbrications jaunes et blanches.— Haut. : 0,16.

83. Autre, avec décor de plumes jaunes. Petite lésion au goulot. — Haut. : 0,13.

84. Petit balsamaire en verre jaune d'ambre, les deux tiers de la panse enveloppés d'un ruban blanc. — Haut. : 0,102.

85. Autre, en verre jaune opaque, incrusté de cercles et de chevrons bruns. — Haut. : 0,092.

86. Balsamaire côtelé, en verre bleu , incrusté de jaune et de blanc. Brisure au goulot. — Haut. : 0,135.

87. Balsamaire pointu par le bas; imbrications à reflets d'or. — Haut. : 0,115.

88. Magnifique flacon égyptien, figurant une colonnette surmontée d'un chapiteau en feuilles de palmier. Verre bleu-kobalt, incrusté de chevrons blancs et jaunes ; fil blanc autour de la base ; collerette, etc., en fils agglutinés. — Haut. : 0,08.

Planche I

89. Très beau balsamaire d'ancien style, muni de deux oreillettes. Verre bleu, la panse toute couverte de plumes incrustées en pâtes multicolores. Fil jaune en bordure autour du goulot. — Haut. : 0,137.

Planche I

90. Balsamaire pointu par le bas. Pâte jaune, incrustée de dessins blancs capricieusement tracés. Forme très rare. Irisation argentée. — Haut. : 0,151.

Planche I

91. Petite amphore. Verre bleu (passé au brun), incrusté de cercles et de plumes en jaune et en blanc. Anses en pâte incolore. — Haut. : 0,147.

92. Flacon sans anses, l'épaule côtelée, la panse et le col cerclés de fils jaunes.

93. Petite amphore décorée de chevrons jaunes et bleus et de fils jaunes.

94-95. Deux autres, côtelées (l'une des anses manque).

96. Jolie petite amphore en verre bleu, l'épaule côtelée. Fils blancs incrustés au col et au milieu de la panse : anses brisées. — Haut. : 0,072.

97. Flacon côtelé en verre bleu, incrusté de chevrons et de fils jaunes et blancs. — Haut. : 0,085.

98. Grande aiguière, à goulot trilobé. Verre bleu (passé au brun ; toute la panse incrustée de dessins blancs et jaunes. — Haut. : 0,16.

99. Lécythe côtelé. Verre bleu-kobalt, orné de chevrons jaunes et de fils jaunes et blancs. — Haut. : 0,125.

100. Lécythe a goulot trilobé. Verre bleu, chevrons blancs, fils jaunes et blancs. — Haut. : 0,105.

101-103. Trois petits aryballes de même style.

104. Grande collection de perles de verre multicolores, beaucoup de
     très ancien style, réunies en colliers.

105. Petite coupe en verre blanc, la panse toute couverte de baguettes
     jaunes incrustées. Recollée et incomplète.

106. Verre à boire, côtelé et orné de points jaunes. Fabrique arabe.

107. **Verres colorés**. Beau flacon cylindrique en pâte lie de vin. —
     Haut. : 0,137.

108. Flacon sphérique en verre jaune d'ambre, muni d'un long goulot.

109. **Verres moulés**. Barillet en verre blanc ; anse plissée et coudée. —
     Haut. : 0,17.

110. Lécythe à huit pans. — Haut. : 0,14.

111. Petit amphore à six pans ; sur chaque face, un dessin géométral.—
     Haut. : 0,16.

112. Flacon à quatre faces ; parois épaisses, belle irisation. — Haut. :
     0,15.

113. Petit flacon à col cannelé ; verre blanc.

114. Flacon cylindrique, orné de feuilles ponctuées.

115. Joli petit lécythe en pâte jaune. Panse cannelée et collerette. —
     Haut. : 0,096.

116. Grand flacon moulé en forme de poisson. Forme extrêmement
     rare. — Haut. : 0,26.
     Anciennes collections Castellani et Forman.

Planche III

117. Petit flacon formé de deux masques de Méduse. Verre blanc opaque.
     — Haut. : 0,06.

Planche II

118. Très joli petit flacon en verre bleu irisé, figurant une grappe de
     raisin. — Haut. : 0,072.

Planche II

119. **Verres agglutinés**. Flacon cylindrique, toute la panse cerclée
     d'un fil de verre. Deux petites anses; pâte verdâtre. — Haut. : 0,12

120. Verre à boire, les parois d'une extrême ténuité; quatre côtes for-
     mées au moyen de quatre dépressions ; collerette en fil agglutiné.
     Chypre. — Haut. : 0,11.

121. Autre, s'évasant vers le bas; collerette en relief; belle irisation
     argentée. Chypre. — Haut. : 0,105.

122. Paire de flacons jumeaux, entourés d'un fil de verre. — Haut. :
     0,105.

123. Autre paire, avec deux anses de suspension.

124. Même forme.

125. Variante avec chevrons autour du goulot.

126. Autre paire, la panse en verre lie de vin, les anses en verre blanc.

127. Paire de flacons jumeaux, accostés de quatre anses et surmontés
     d'une poignée. Irisation blanche. — Haut. : 0,18.

128. Autre, accostée de deux anses seulement; chevrons à la base, très
     belle irisation métallique.

129. Flacons jumeaux en verre blanc irisé. Fils agglutinés sur toute la
     panse ; anse très élevée et divisée en trois compartiments. —
     Haut. : 0,210.

Planche II

130. Grand flacon en forme de *parazonium* romain (épée dans son fourreau), les arêtes garnies de fils plissés et agglutinés. Exemplaire
unique. Belle irisation. — Haut., 0,37.

Planche III

131. Très grande aiguière à goulot trilobé, la panse très élégante, en
forme de balustre, l'anse, la collerette et les lèvres en verre bleu.
— Haut. : 0,42. — Recollée.

132. Lécythe pomiforme, le col et le bas du goulot cerclés d'un fil agglutiné faisant une vingtaine de tours.

133. Coupe à quatre anses latérales ; cercles et chevrons bleus sur la
panse. — Syrie. Époque arabe.

134. Gobelet orné d'une balustrade en fils de verre, la panse cerclée d'un
fil agglutiné, très fin et faisant une vingtaine de tours.

135. Verre pomiforme, avec réseau autour du col.

136. Verre pomiforme en pâte lie de vin, la panse strigilée.

137. Petite amphore, la panse prise dans les enroulements d'un fil
agglutiné.

138. Flacon pomiforme, avec dix petits œillets au bas de la panse.

139. Vase pomiforme, muni d'une balustrade en fils agglutinés. Quelques cassures.

140. Autre, avec une jolie patine argentée.

141. Autre, en verre jaunâtre ; cercles autour de la panse.

142. Très petit verre cylindrique, la panse couverte de pétales de fleurs.
Belle irisation. — Haut. : 0,043

143. Lécythe muni d'une large collerette en fil de verre.

144. Petite amphore ; même collerette.

145. Autre, cannelée au moyen de douze dépressions. — Haut. : 0,15.

146. **Verres blancs**. Coupe en forme de mamelle; parois épaisses, bordure gravée. — Recollée.

147. Coupe ombiliquée.

148. Autre, plus petite, à parois minces.

149. Joli flacon à long col. — Haut. : 0,175.

150. Grand flacon pomiforme, à parois minces. — Haut. : 0,13.

151. Flacon piriforme; anse brisée.

152. Petit flacon en forme d'urne; cannelures faiblement marquées; irisation.

153-57. Cinq flacons, de formes variées.

158. Beau flacon campaniforme, à long goulot, les parois d'une ténuité extrême. Irisation argentée. — Haut. : 0,23. — Cassure insignifiante au goulot.

159. Flacon piriforme, d'un très beau galbe. — Haut. : 0,108.

160. Verre à boire, cannelé au moyen de quatre dépressions. Parois très minces. Recollé. — Chypre. — Haut. : 0,085.

161-166. Six coupes, de formes variées.

167. Très beau flacon à long col; irisation argentée. — Haut. : 0,123.

168-171. Flacons conique, cylindrique, à panse équarrie, etc. — Quatre pièces.

172. Petit vase simulant un corps d'oiseau; parois épaisses.

173. Cuiller, le manche façonné en tige probablement creuse. — Long. : 0,165.

174. Trois bracelets.

175. Lot de flacons minuscules, vingt-quatre pièces.

176. Grand flacon sphérique, a col droit. — Haut. : 0.14.

177. Flacon à long col, en forme de chandelier.

178. Urne cinéraire romaine, avec couvercle, trouvée à Birgelstein. — Haut. : 0.165.

179. Autre, plus petite, à deux anses plates, coudées et cannelées.

180. Grand vase en forme d'urne funéraire, sans anses.

181. Autre, avec couvercle.

182. Grande urne cinéraire romaine, de forme sphérique, avec couvercle.

183. Grande amphore cinéraire.

184. **Verroterie**. Collection importante de poids à légendes arabes, environ trois cent cinquante pièces.

185. Masque du dieu Melkarth de Tyr (pâte blanche opaque, rehaussée de bleu).

186. Camées en verre : masque de Méduse, tête de Vulcain, masque d'acteur, Romulus, etc.

187. Beau masque scénique, couronné de feuilles de lierre. Blanc sur bleu. — Diam. : 0.047.

188. Anse de canthare aux légendes : ARTAS SIDON et APTAC CEIΔѠ.

189. Oiseau, vases minuscules, anneaux, épingle à cheveux, fragments divers, etc.

ÉMAILLERIE

190. Figurine funéraire de la trouvaille de Deir-el-Bahari. Émail bleu
à repeints noirs; sur la gaine, une longue inscription hiéroglyphique. — Haut. : 0,196.

191. Treize autres; émail bleu et vert, repeints noirs.

192. Belle figurine funéraire, tenant le boyau et le fléau. Émail vert-
pâle, hiéroglyphes en creux. — Haut. : 0,186.

193. Autre, avec légende au revers. Émail vert-pâle. — Haut. : 0,083.

194. Autre, très ancienne, sans légende; le bas brisé.

195. Figurine funéraire à émail noir; sur la poitrine, le cartouche du
roi Thoutmès III; inscription hiéroglyphique gravée. Les pieds
manquent. — Haut. : 0,17.

196. Thot, le dieu ibiocéphale, en marche, la tête coiffée du klaft, les
bras pendant le long du corps. Émail vert, bec refait en plâtre. —
Haut. : 0,121.

197. Nofré-Toum, coiffé de la fleur de lotus, des deux plumes et des
deux menats. Émail vert. — Haut. : 0,102.

198. Sekhet, la déesse à tête de lionne, coiffée d'un uræus. Au revers,
une légende hiéroglyphique gravée. Émail vert. — Haut. : 0,085.

199. La même, coiffée du klaft et tenant un sceptre. Émail bleu, pieds
brisés.

200-201. Ptah embryon. Émail bleu et vert. — Deux pièces.

202. Le dieu Bes accroupi et tenant un petit Bes assis sur ses genoux. Autour de lui, neuf cynocéphales. Au revers, trois autres cyno-céphales, dont l'un est précédé de deux oies. — Pièce remar-quable. Émail vert pâle; la main droite manque. — Haut. : 0,21.

Voir Planche IV.

203. Le dieu Shou accroupi et soulevant le disque. Figurine très fine. Émail vert pâle. — Haut. : 0,047.

204-207. Grand œil oudja. — L'insigne Tat. — Bobine ornementée. — Petit aryballe.

208. Un lot de figurines et de symboles variés, la plupart très jolies : Ra hiéracocéphale, Sekhet assise et debout, Thouëris (hippopo-tame), Horus enfant, Noum à tête de bélier, etc.

209. Un très grand lot de figurines et de symboles divers.

210. Onze colliers de perles, de pendentifs, de cylindres, etc., émaillés.

211. Collection de boutons.

212. Rondelles en fritte blanche émaillées de blanc et de brun.

BRONZES

1 ASSYRIE

213. Homme agenouillé, tenant devant lui un clou couvert d'inscriptions chaldéennes très anciennes. Le corps nu, il porte une longue barbe équarrie ; un bonnet plat, surmonté d'une espèce de diadème triangulaire, lui sert de coiffure. — Haut. : 0,17.

Planche V.

2 EGYPTE

214. Ptah momiforme, tenant un sceptre et l'insigne de la vie. — Haut. : 0,155.

215. Nofré Toum en marche, les bras pendant le long du corps. Les jambes manquent.

216. La déesse Thouéris à la tête d'hippopotame. — Haut. : 0,103.

217. Sekhet léontocéphale, assise, coiffée du disque à l'uræus. Siège ciselé, avec hiéroglyphes au revers. — Haut. : 0,115.

218. La déesse Neit, en robe longue, le bras gauche avancé. Coiffure : la couronne rouge surmontée *du lituus*. Hiéroglyphes sur trois faces du socle. — Haut. : 0,148.

219. Horus enfant assis, le collier incrusté d'or. — Haut. : 0,138.

220. Isis assise, allaitant l'enfant Horus. La déesse est coiffée du klaft à l'uræus et du disque entre deux cornes. — Haut. : 0,155.

221. Khnoum debout, a tête de bélier, vêtu de la shenti, coiffé du klaft
que surmonte la mitre accostée de deux plumes et ornée d'un
disque en placage d'or. Très beau bronze. — Haut. : 0,215. —
Socle en jaune de Sienne.

Vente Hoffmann (1892), n° 396.

Planche VI.

222. Base de statuette, ornée d'une légende hiéroglyphique.

223. Autre, portant des hiéroglyphes sur ses quatre faces.

224. Chatte assise, fragment d'une grande figurine.

225. Chatte assise, portant une amulette au cou.

226. Grande tête de chatte.

227. Quatre têtes de chattes.

228 à 232. Bœuf Apis. — Momies de deux éperviers. — Chatte assise
(anse du vase). — Momie d'uræus. — Poisson.

233. Égide.

234 235. Deux manches ornés de masques d'Hathor.

236. Belle situle décorée de reliefs.

3. GRÈCE, ROME, ETC.

237. Amour pêchant à la ligne. Il est assis sur un rocher, le bras droit
étendu, la tête coiffée du bonnet conique des pêcheurs. — Haut. :
0,077.

238. Camille debout, vêtu d'une tunique succincte, le bras gauche
abaissé, l'autre levé. Très bon style, du commencement de l'époque
impériale. La jambe et la main droites manquent; les yeux, évidés,
avaient été incrustés d'argent. — Haut. : 0,10.

239. Dieu Lare, debout, en marche, coiffé du bonnet phrygien ; sa
     main gauche levée tenait un rhyton, l'autre une coupe. Jolie
     patine d'un vert luisant. — Haut. : 0,10. — Socle en marbre noir.

240. Hercule jeune, coiffé d'une peau de lion, dont les pattes s'entre-
     lacent sur la poitrine. La main gauche avancée tenait les pommes
     des Hespérides, l'autre s'appuie sur une massue. Joli bronze
     italique, à patine verte. — Haut. : 0,126. — Socle en marbre noir.

241. Jupiter debout, la tête laurée, le manteau sur les épaules, le bras
     gauche levé (pour s'appuyer sur un sceptre), l'autre abaissé (pour
     tenir le foudre). L'avant-bras droit et la main gauche manquent.
     Patine verte. — Haut. : 0,067. — Socle en jaune de Sienne.

242. Amour enfant, dans la pose d'un archer qui bande son arc. Les
     mains et une partie des jambes manquent. Très joli style. Patine
     verte. — Haut. : 0,054. — Socle en jaune de Sienne.

243. Adorant italique, la poitrine nue, le bras droit faisant le geste de la
     prière. Patine verte. — Haut. : 0,08.

244. Diane chasseresse en marche. Vêtue d'une tunique courte et
     chaussée d'endromides, elle porte son carquois sur le dos ; sa
     main droite tient une flèche, l'autre un arc. Très joli style, patine
     verte. — Haut. : 0,058.

245. Mars jeune debout, coiffé d'un casque corinthien. Il porte des jam-
     bières et une cuirasse simulant la forme de la poitrine humaine.
     Son bras gauche levé s'appuyait sur une lance, sa main droite
     abaissée tenait une épée. Très belle figurine, patine verte. —
     Haut. : 0,19.

     Première vente Forman, n° 98 (pl. V).
                    Planche VIII.

246. Grande figurine de Vénus nue, debout, parée d'un diadème ciselé
     et bordé de palmettes, les bras repliés comme si elle tenait une
     bandelette. Beau style ; patine brune. Trouvée en Syrie. — Haut. :
     0,27. — Socle en jaune de Sienne.
                    Planche VII.

247. Vénus de Syrie, debout, sans draperie. Elle a pour coiffure une
     dépouille de vautour et les plumes isiaques; sa main gauche
     levée tient une pomme, l'autre s'avance vers le spectateur et
     tient une couronne de fleurs. Trouvée à Byblos. Patine verte. —
     Haut. : 0,189.

Planche VII.

248. Vénus grecque debout, dans l'attitude de la Vénus de Médicis, la
     tête légèrement tournée à droite. Elle est parée d'armilles; sa
     jambe gauche se replie un peu en arrière. Beau style. Patine
     noire. — Hauteur avec la base antique : 0,16.

Planche VII.

249. Petit Amour jouant à la balle. — Haut : 0,068.

Planche IX.

250. Minerve, coiffée d'un casque corinthien et vêtue d'une tunique do-
     rienne qu'elle relève légèrement de la main gauche. Elle a l'égide
     sur la poitrine, et regarde une chouette qu'elle porte sur sa main
     droite. Ses cheveux forment une grosse natte retombant jusqu'au
     milieu du dos. Style attique du Ve siècle. — Haut. : 0,135.

     Première vente Forman, n° 87.

251. Fortune debout, coiffée d'un boisseau, le bras gauche enlacé d'un
     serpent. Sa main droite abaissée tenait un gouvernail. Patine
     verte. — Haut. : 0,132.

252. Masque de Pan, de très beau style. Petite lésion à l'une des cornes.
     Patine verte, support en jaune de Sienne. Vente Gréau.) —
     Haut. : 0,125.

253 Buste de Bacchante drapée et couronnée de lierre en fleur. Décor
     de meuble; patine noire. — Haut. : 0,135. — Les yeux étaient
     incrustés d'argent.

     Seconde vente Forman, n° 620.

254. Statuette d'Hercule jeune, debout, la peau de lion sur le bras gauche. Il tient un canthare à la main droite avancée; sa main gauche tenait la massue. — Bronze italique, patine noire, base antique. — Haut., sans la base : 0,265.

255. Hercule barbu, debout, la massue et la peau de lion au bras gauche. Sa tête est couronnée de feuillages; sa main droite abaissée tenait un gobelet. Joli style, patine brune. — Haut. : 0,093. — Socle en brèche et en jaune de Sienne.

256. Légionnaire romain, jeune, revêtu d'une cuirasse et coiffé d'un casque, dont les garde-joues sont rabattus. Sous son bras droit, replié, il porte une épée dans son fourreau; sa main droite fait le geste des orateurs, l'autre tenait le *pilum*. — Figurine très intéressante et d'une conservation irréprochable; patine foncée. — Haut. : 0,115.

Première vente Forman, n° 57.

Planche IX.

257-258. Deux pieds de ciste : Griffe de lion, surmontée d'une attache qui représente, en haut relief, deux guerriers nus, tournés à droite. Le premier est armé d'une épée et d'un bouclier; le second s'agenouille sur une pierre et semble blessé. Art étrusque; patine verte. — Haut. : 0,12.

Planche V.

259. Tête imberbe casquée; joli bronze étrusque. Patine verte. — Haut. : 0,052.

260. Femme drapée, debout, tenant une pomme dans sa main gauche avancée; son bras droit s'appuie sur la hanche. Beau style et belle patine vert olive. — Haut. : 0,075. — Socle en brèche.

Planche IX.

261. Grande figurine italique, représentant un adolescent nu, debout, coiffé d'une bandelette et tenant dans sa main droite avancée une pomme. Son manteau, plié en écharpe, pend le long du bras gauche. Patine verte. — Haut. : 0,275.

Deuxième vente Forman, n° 603.

262. Mercure debout, tenant le caducée et la bourse ; entre les ailettes de
la tête se dressent les deux plumes du Thot égyptien. Patine verte.
— Haut. : 0,069. — Socle en jaune de Sienne.

263-264. Deux pieds de ciste : Amour assis et Ganymède. — Haut. : 0,065
et 0,068. — Socle en jaune de Sienne.

265. Hercule combattant. — Haut. : 0,078. — Même socle.

266. Amour étrusque. — Haut. : 0,066. — Même socle.

267-269. Trois figurines de Mercure.

270. La Fortune tenant un gouvernail et une corne d'abondance.

271. Tête de jeune homme (peson de balance).

272. Amour accroupi, couronné de lierre ; manque l'avant-bras gauche
et le pied gauche).

273-274. Deux petits masques, l'un imberbe, l'autre de Silène couronné
de lierre (beau style grec).

275. Très belle patine verte. Fragment d'une grande statuette de
Bacchus adolescent. L'endromide est en peau de panthère et
décorée avec beaucoup de goût. — Haut. : 0,028.

   Deuxième vente Forman, n° 615.

276. Pied droit humain, sans chaussure. Fragment de statue ; patine
rugueuse. — Long. : 0,26.

277-278. Pied de meuble façonné en pied humain (avec sandale), et main
droite repliée, ornée de deux bagues.

279. Lion passant, de style grec. Patine rugueuse. Une des pattes
manque et deux autres sont endommagées. — Long. : 0,17.

280. Cheval portant un croissant au col ; patine noire. Jambes en partie
brisées. — Long. : 0,10.

281-282. Cheval courant, figurine et applique.

283-291. Neuf figurines d'animaux : panthère, cheval, taureau (trois pièces), sanglier, chien couché, chèvre et biche.

292-294. Trois figurines de facture barbare : cheval, bœuf bossu et lièvre.

295-297. Deux petites aigles romaines, perchées sur des bases, et une patte d'aigle.

298. Huit pièces ayant servi de décor d'outils ou de vases : Masque de lion, protomes de lion, de panthère et de griffon, têtes de taureau et de bélier.

299. Stèle étrusque en forme de tête de femme parée de boucles d'oreilles. — Haut. : 0,070.

300. Joli vase, en forme d'urne, la panse couverte de fines cannelures.— Haut. : 0,060.

301. Aiguière étrusque d'ancien style: goulot tréflé, panse surbaissée et ornée de cercles gravés, l'anse reliée au col par un fil tordu. — Hauteur totale : 0,17.

302. Aiguière étrusque, à col tréflé, l'anse en fonte pleine, ornée d'une palmette entre deux lions couchés, et amortie par une palmette entre deux béliers couchés. Patine verte rugueuse, panse légèrement endommagée. — Haut. : 0,24.

303. Vase arabe en bronze.

304. Grand seau étrusque, avec anse mobile. — Haut. : 0,33

305. Bassin étrusque. — Diam. : 0,29.

306. Coupe étrusque (bords brisés).

307. Petit vase en forme d'outre à vin.

308. Vase sphérique, orné de quelques cercles gravés. — Haut. : 0,20.

309. Patère étrusque avec son couvercle. En bordure, une couronne de feuilles et de fruits ajourée, sur laquelle se tiennent trois quadrupèdes en ronde-bosse. La poignée a pour décor une tête de mouflon et une protome de lion. Le couvercle est orné d'un rang de grosses perles et d'une tête de loup tenant l'anneau. Patine verte. — Diam. : 0,10.

310-312. Trois simpules étrusques, les manches terminés en cols de cygnes.

313. Base d'un candélabre étrusque, le fût cannelé, les trois pieds façonnés en dauphins. — Haut. : 0,32.

314. Petit chandelier trouvé en Chypre. Fût composé de trois calices de fleurs. — Haut. : 0,23.

315. Lampe, la poignée en forme de feuille.

316. Lampe en forme de tête de taureau ; le côté droit est brisé.

317. Lampe, le dessus de la cuvette percé de trois trous, la poignée amortie par une fleur d'où émerge une tête de biche.

318-319. Deux anses d'aiguière, de fabrique étrusque ; au sommet, une tête de bélier ; sur l'attache, un bas-relief (Amour maniant le pilon d'un mortier, etc.).

320. Anse de vase, amortie par un masque de Satyre barbu.

321. Autre, façonnée en tige feuillue et amortie par une feuille cordiforme. Très rare.

322. Un grand lot d'anses de vases, etc.

323. Grande ciste latine. — Boîte cylindrique ornée d'un grat-
tite : Quadrige conduit vers la gauche par un jeune homme coiffé
d'un bonnet ovoïde ; derrière, une Victoire nue, couronnant le
conducteur : devant, un homme en costume servile, arrêtant les
chevaux. — La ciste repose sur trois pieds façonnés en pattes de
griffon, et dont les attaches représentant des lions en arrêt. — Décor
du couvercle : Deux Victoires nues et affrontées, tenant chacune
une couronne. — La poignée se compose de figurines en ronde
bosse et en fonte pleine (Satyres debout et s'enlaçant). — Hauteur totale : 0,42.

Planche X.

324. Miroir étrusque gravé. — Lutte de Pélée (*pele*) et Thétis (*thethis*).
— Diam. : 0,135.

325. Miroir étrusque gravé — Jugement de Pâris. Pâris appelé
Alexandre, *elachsntre*) et Minerve (*menrva*) sont assis en face l'un
de l'autre : Vénus (*turan*) et Junon (*uni*) se tiennent debout. Couronne de feuillage en bordure, manche terminé en tête de bélier
et orné d'une fleur de lotus gravée. — Diam. : 0,124.

326. Petit bas-relief (poignée d'un manche de miroir italiote) : Vénus
assise ; devant elle, l'Amour debout et s'accoudant sur un cippe.
Haut. et larg. : 0,077.

327-329. Miroirs grecs, deux avec des cercles concentriques au revers,
le troisième avec des rondelles façonnées au tour.

330-331. Deux miroirs grecs plus simples.

332. Fragment d'un miroir antique qui a conservé tout son luisant.

333. Couvercle d'une boîte à miroir, orné d'un relief estampé : le groupe
des Trois Grâces, accosté de deux amphores. — Diam. : 0,093.

334-335. Deux couvercles de boîtes à miroir. Décor en relief estampé :
Masque de Méduse, de beau style. — Diam. : 0,106.

336. Ceinture de guerrier étrusque.

337. Un lot de boucles de ceinturons.

338. Grande épingle de manteau, surmontée d'une figurine de Vénus se
regardant dans un miroir. — Long. : 0,30.

339. Enfant assis (décor d'épingle).

340. Épingles, cure-oreilles, styles. — Quatre bracelets ornés de têtes
de serpents. — Spirales (pour les boucles de cheveux), etc. — Six
poids romains.

341. Balance romaine, portant des chiffres sur le fléau.

342-343. Couteau et cuiller étamée.

344-345. Deux sceaux cruciformes.

346. Petit bas-relief figurant un saint byzantin.

347. Base de statuette, ornée, sur le devant, d'une porte de temple. Au
revers, une étoile.

348. Base cylindrique, ornée d'une couronne de feuillage avec traces
d'incrustation d'argent.

349. Cinq autres bases antiques de figurines.

PLOMBS

350. Couvercle d'urne funéraire.

351. Plaque de revêtement d'un sarcophage (syrien). Sujet : Amours
tenant une guirlande.

352. Pyxis avec son couvercle. — Plateau, etc.

353. Médaillon : Masque d'Hercule jeune.

354. Deux grands poids grecs d'Asie-Mineure et cinq petits.

355. Balles de fronde, portant des inscriptions latines. Quatre-vingt-
huit pièces.

356. Trois plaques de revêtement modernes : Amours tenant un
écusson.

IVOIRES

357. Dessin égyptien, très ancien, gravé au trait sur les deux faces d'un morceau d'ivoire informe (homme debout à droite, épervier ; fleurs de lotus dans le champ. *Revers :* personnage agenouillé). — Haut. : 0,10.

358-359. Deux beaux cylindres étrusques, figurant, en bas-relief, des guerriers ailés et sans ailes. — Haut. : 0,10.

360. Poupée articulée (sans bras). — Haut. : 0,19.

361. Amour accroupi, tenant une guirlande de fleurs. — Haut. : 0,17.

362. Tête diadémée d'Apollon (moderne).

363. Main droite repliée.

364. — Jolie pyxide antique. Sur le couvercle, un buste d'adolescent ; sur le tour, deux petits Amours se livrant à quelque jeu. — Haut. : 0,044.

BOIS SCULPTÉ

365. Garniture de meuble; toute la face antérieure de la plinthe est couverte d'hiéroglyphes. — Long. : 1,03.

366-367. Deux éperviers en bois peint.

AMBRE

368. Lion couché.

369. Enfant, vêtu d'une tunique succincte, et posant un panier sur un
cippe. — Haut.: 0,077.

370. Epis de maïs, assemblage de fruits, noix dépouillée de son
écorce, etc. — Cinq pièces.

ORFÉVRERIE ET ARGENTERIE

371. Quatre petits diadèmes funéraires en or estampé ; décor floral.

372. Trois autres ; même décor.

373. Diadème funéraire orné, au milieu, d'une tête radiée du Soleil, de face. Or estampé. — Long. : 0,30.

374. Autre, un peu plus étroit.

375. Diadème funéraire, ayant pour décor une couronne de laurier. — Long. : 0,275.

376. Grand diadème, la partie médiane découpée en pointe. Décor floral. — Long. : 0,42.

377. Même forme. — Long. : 0,24.

378. Couronne funéraire en feuilles de laurier. — Long. : 0,30.

379. Collier factice, composé de pièces en or estampé, de rondelles et de tubes en terre émaillée, etc.

380. Paire de bracelets en or ; lamelles découpées, sans ornementation.

381. Autre paire.

382. Paire de bracelets en argent massif. Tige à nervure, chaton décoré d'une fleur.

383. Joli petit collier, formé d'une chaîne d'or et de dix-neuf cornalines taillées à facettes.

384. Autre, la chaine d'or sertie de dix rondelles en grenat de Syrie.

385. Autre, avec vingt-deux rondelles en cornaline.

386. Collier byzantin très original : petits disques à jour, alternant avec des rondelles en grenat et en pâte de verre; une *m* minuscule, sertie de perles, est suspendue au milieu. — Long. : 0,036.

Planche XI

387. Petit collier d'or, orné de perles de verre bleu.

388. Fragment de collier : perles en or estampé, etc.

389. Figurine de Vénus anadyomène; or estampé. — Haut. : 0,040.

Planche XI

390. Figurine d'adorant, étui d'amulette.

391. Deux autres figurines ayant servi d'étuis d'amulettes.

392. Figurine d'enfant nu, couronné de fleurs et paré d'une guirlande de fleurs.

393. Paire de boucles d'oreilles : bucranes de très ancien style ; or estampé.

394. Autre paire : tête de lion, avec gorgerin filigrané; anneau en torsade. Ancien style.

395. Autre paire : tête de dauphin, deux perles de grenat séparées par une boule en or estampé et des annelets à tranches semées de grenaille; anneau en torsade.

396. Même motif, les annelets plus simples, trois perles de verre.

397. Autre paire, plus grande : tête de dauphin, barillet en pâte de verre, anneau en torsade.

398. Boucles d'oreilles d'ancien style : tête de taureau, les yeux émaillés.

399. **Autres,** de même style : tête de lion, le gorgerin filigrané, l'anneau en torsade.

400. Paire de grandes boucles d'oreilles en or estampé : tête de taureau, collerette filigranée, anneau en torsade. — Syrie.

Planche XI.

401. Autre paire : tête de Bacchante, couronnée de lierre ; deux perles vitreuses ; anneau en torsade.

Planche XI.

402. Paire de boucles d'oreilles d'ancien style : tête de lion, avec gorgerin filigrané.

403. Boucle d'oreille d'ancien style, ornée d'une tête de taureau ; ciselures sur l'anneau.

404. Autre, avec deux perles en grenat et une en prime d'émeraude.

405. Boucle d'oreille, décorée de pâtes rouges et d'une figurine d'Amour (en or massif) tenant une patère.

Planche XI.

406. Bague en or estampé. Sur le chaton : tête de Bacchus jeune en haut relief.

Planche XI.

407. Épingle formée d'une pièce ovale, sur laquelle se détache un camée en onyx (buste de femme), et de trois pendeloques : saphir, prime d'émeraude, figurine en or.

408. Buste de Serapis en or estampé.

409. Massue. — Chien de chasse assis.

410. Barillet en agate blanche rubanée, serti de deux pièces d'or filigrané, et, au milieu, d'une troisième, découpée et semée de grenaille.

411. Grande fibule en spirale (époque préhistorique).

412. Fil d'or en spirale (même époque).

413. Paire de boucles d'oreilles byzantines, en forme de croissants. Oiseaux affrontés et ajourés.

414. Deux petits médaillons en or estampé : Amours de face et debout; basse époque.

415. Deux autres : Masque de Méduse.

416. Belle paire de boucles d'oreilles, serties d'améthystes en cabochon.

417. Autre paire, sertie d'agates rubanées en table.

418. Deux anneaux d'or filigranés.

419. Paire de boucles d'oreilles, formées de perles d'or creuses.

420. Autre paire, formée de boules.

421. Deux paires de boucles d'oreilles sans décor.

422. Deux petites épingles façonnées en fleurs.

423. Deux cupules en feuilles d'or très légères.

424. Deux amulettes (feuilles d'or et d'argent oblongues), avec inscriptions gravées.

425. Amulette contre le mauvais œil (or estampé).

426. Fragments et pièces dépareillées.

427. Garniture de ceinturon en or (moderne).

428. Épingle en argent, ayant pour couronnement une main droite de femme, parée d'un bracelet et tenant un fruit.

PIERRES GRAVÉES

I. ORIENT

429. Jolie tablette en chalcédoine, la face supérieure convexe; de chaque
côté, une longue inscription cunéiforme. — Haut. : 0,048; larg. :
0,032.
Planche XII.

430. Cylindre hétéen en hématite, avec monture moderne en or. Sujet :
Adoration d'un arbre sacré.
Planche XII.

431. Cylindre en jaspe brun : deux bouquetins affrontés; croisette dans
le champ; légende cunéiforme.

432. Cylindre en jaspe rouge : dieu assis devant deux adorants; légende
cunéiforme.

433. Cylindre en hématite : cinq personnages devant un sacrificateur
portant un chevreau.

434. Autre, en chalcédoine : deux divinités ailées devant l'arbre sacré.

435. Deux cylindres de très ancien style, en onyx.

436. Cylindre en jaspe mousseux : dieu assis et adorant, séparés par
une colonne.

437. Joli petit cylindre à deux registres, en jaspe brun : onze personnages.

438. Cylindre en hématite : lions et bouquetins.

439. Petit cylindre hétéen : quatre personnages debout.

440. Cylindre en hématite : dieu armé d'une lance et deux adorants.

441. Petit cylindre hétéen : lion ailé et griffon combattant.

442. Six cylindres en matières variées.

443. Sceau sassanide en chalcédoine et en forme d'omphale : Bélier et
dromadaire.

444. Sceau babylonien en marbre : dieu domptant deux lions ailés.

445. Sceau conique en saphirine : Adorateur de la lance sacrée.

446. Neuf autres sceaux coniques ; matières diverses.

447. Neuf sceaux sassanides, avec inscriptions en pehlvi.

448. Dix-neuf sceaux sassanides : Cavalier, sphinx, griffons, bœuf
bossu, etc.

449. Olive en cristal de roche.

450. Barillet babylonien en sardonyx : Deux Adorateurs du soleil.

451. Deux scarabéoïdes phéniciens et une figurine égyptienne (taureau
les pattes liées) en jaspe rouge.

452. Amulettes égyptiennes en pierre dure. Dix-huit pièces.

2) GRÈCE, ROME, ETC.

453. **Camées.** Amour dans un char attelé de deux cygnes. Agatonyx ;
épingle en or moderne.

454. Amour dans un char attelé de deux lions. Agatonyx.

455. Cinq petits camées modernes, dont trois montés en or.

456. Grand masque grotesque. Onyx de la Renaissance. Monture en or.

457. Triomphe de Titus ; en exergue : T. AUG. VESP. — Agatonyx.
     Renaissance.
                        Planche XII.

458. Bacchus et Ariane dans un char. Camée sur coquille.

459. **Intailles**. Scarabée (lion dévorant un cerf), cornaline. — Autre
     (bouquetin), chalcédoine. — Deux scarabéoïdes (cheval, lion dévo-
     rant un taureau), etc. — Six pièces.

460. Buste de Jupiter Serapis au-dessus d'une aigle (cornaline). —
     Minerve, en buste et en pied (saphirine et cornaline). — Cinq
     pièces.

461. Vénus anadyomène, buste de Vénus, les Trois Grâces. — Trois
     pièces.

462. Tête de Mercure, de beau style grec ; sardoine.

463. Mercure assis et debout. Faunes, Victoire, etc. — Huit pièces.

464. Amour et Psyché (cornaline blonde).
                        Planche XII.

465. Buste de Bacchante, tenant un thyrse et un rhyton ; sardoine.
                        Planche XII.

466. Tête d'Hercule ; Hercule devant l'arbre des Hespérides. — Deux
     pièces.

467. Omphale portant la massue et la peau du lion (cornaline).
                        Planche XII.

468. Édipe et le sphinx (cornaline).

469. Victoire dans un quadrige (nicolo).

Planche XII.

470. Auriges victorieux, cheval devant un Dioscure assis, guerriers blessés. — Six pièces.

471. Philosophe assis devant une colonnette, chasseur, etc. — Cinq pièces.

472. Assemblage de sept têtes impériales (hématite).

473. Têtes diverses. — Sept pièces.

474. Sphinx femelle (agate rubanée) et androsphinx (cornaline).

475. Lion combattant un taureau (sardoine ovale).

Planche XII.

476. Lion sassanide, cheval, éléphant, aigle romaine, colombes, etc. — Sept pièces.

477. Intailles sassanides. — Cinq pièces.

478. **IMONOYA** dans une couronne (cornaline). — Deux abraxas (sardoine et hématite).

479. Tête imberbe, munie d'ailes de papillon. — Sardonyx.

480. Lot de trente-cinq intailles, la plupart antiques.

481. Cueillette de fleurs; grande intaille moderne sur une plaque octogone de sardonyx.

482. Intaille fausse, représentant le buste de l'empereur Romulus Augustule. Prime d'émeraude. — Collection Tyszkiewicz.

483. Pierres diverses, non cataloguées.

484. Deux cadres en bronze doré et ciselé, renfermant vingt-deux pâtes
de verre, reproductions des plus belles intailles antiques et modernes du *Recueil de Tassie*. Chaque cadre est soutenu par un
manche ajouré.

485. Cadre en bronze doré renfermant huit grands camées (modernes)
en onyx. Une note collée au revers dit que ces camées apparte-
naient au maréchal Soult, duc de Dalmatie.

486. Pierres dures façonnées, perles blanches antiques, etc.

487. Bloc de cristal de roche.

MARBRE, PIERRE CALCAIRE
ALBATRE, ETC.

488. Tablette chaldéenne, couverte d'inscriptions cunéiformes. — Calcaire. — Haut. : 0,087 ; larg. : 0,059.

489. Grand canope égyptien en albâtre, avec son couvercle.

490. Six balsamaires en albâtre, dont plusieurs frustes.

491. Beau balsamaire, pointu par le bas. — Albâtre strié. — Haut. : 0,18.

492. Balsamaire en albâtre fleuri. — Haut. : 0,15. — Goulot brisé.

493. Personnage égyptien accroupi ; devant lui, une figurine debout, en marche, coiffée de l'anef. Légendes hiéroglyphiques. — Albâtre. — Haut. : 0,12.

494. Chien attrapant un lièvre. Calcaire peint. Chypre. — Haut. : 0,06 ; larg. : 0,148.

495. Tête de perdrix ; calcaire de Chypre.

496. Harpocrate enfant, nu, l'index de la main droite à la bouche. — Figurine en marbre blanc. — Haut. : 0,125. — Le bras gauche et les jambes manquent.

497-499. Trois petites têtes en marbre blanc.

500. Petit buste imberbe, drapé et cuirassé, les cheveux coiffés en bandeaux. — Renaissance. — Marbre blanc, socle en brèche.

501. Tête d'un personnage romain du second siècle, grandeur nature. — Marbre de Paros.

502. Tête romaine, ressemblant au César Licinius fils. — Marbre de Paros.

503. Statuette d'Hercule jeune au repos. Debout, le héros replie son bras droit au-dessus de sa tête; son bras gauche repose sur la massue et la peau de lion. — Marbre blanc. — Hauteur avec la base : 0,75.

MÉDAILLES

504. *Gaule*. Deux tiers de statère d'or, l'un des Arvernes, l'autre barbare.

505. *Campanie*. Tête de Janus. ℞ **ROMA**. Quadrige de Jupiter. — *Métaponte*. Tête de Leucippe. — *Crotone*. ℞ Hercule enfant étouffant les serpents (diobole). — Argent, trois pièces.

506. *Panorme*. Dattier en fruit. ℞ Buste de cheval. — Or [1], deux pièces.

507. *Syracuse*. ℞ Lyre. — Or [2], deux pièces.

508. *Istrus*. Deux masques. — *Lysimaque* (deux tétradrachmes, dont l'un frappé à Dyrrachium. — *Thasos*. ℞ Hercule [illegible] (trois tétrad.) et une imitation barbare). — Huit pièces.

509. *Philippe II de Macédoine*. Tête laurée de Jupiter. ℞ ΦΙΛΙΠΠΟΥ. Cavalier. — Argent [6], quatre pièces.

510. *Alexandre le Grand*. Vingt et un tétradrachmes variés et quatorze drachmes. — *Philippe III*. Tétradrachme. — En tout, trente-six pièces.

511. *Dyrrhachium*, drachme. — *Epire*. ℞ Aigle. — *Athènes*, tétradrachme frappé en Phénicie, diobole et trente-six tessères en plomb. — En tout, quarante pièces.

512. *Chalcédon*. Taureau sur un épi. — *Lampsaque*. Hippocampe. — Argent, sept pièces.

513. *Cymé*. Tête d'Apollon. ℟ Cheval dans une couronne de laurier.
ΜΗΤΡΟΦΑΝΗΣ. — Tétradrachme. Argent.

514. *Éphèse*, cistophore. — *Milet, Cnide, Lycie, Cilicie* (incertaines). —
Argent, seize pièces.

515. *Celenderis*. Moitié d'un hippocampe. ℟ **ΚΕΛ**. Bouquetin couché.
— Argent[1]. Trouvaille de cent trois pièces.

516. *Soli*. Grappe de raisin (obole et diobole).

517. *Antiochus Ier de Syrie*. Tétradrachme. — *Demetrius Ier*. Drachme.

518. *Cléopatre et Antiochus VIII*. Têtes géminées. ℟ Jupiter assis à
gauche. — Tétradrachme, de facture barbare.

519. *Antiochus VIII. Épiphane*. ℟ Tombeau de Sardanapale. — Tétradrachme.

520. *Antiochus IX Philopator*. ℟ Tombeau de Sardanapale. — Tétradrachme.

521. *Philippe*. ℟ Jupiter assis. — Tétradrachme.

522. *Antioche*. Tétradrachmes de Trajan, cinq pièces.

523. *Aradus*. Tête barbue et laurée. ℟ Galère. — *Perse*. Darique. —
Rois parthes. Drachmes. — Argent, cinq pièces.

524. *Rois sassanides*. Argent, soixante-sept pièces.

525. *Eucratide*, roi de Bactriane. Tête casquée. ℟ Bonnets des Dios-
cures. — Argent[1].

526 *Roi indo-scythe*. Statère d'or.

527. *Ptolémée Ier et Bérénice, Ptolémée II et Arsinoé*. Θ**ΕΩΝ ΑΔΕΛΦΩΝ**.
Quatre bustes. — Or[6].

528. *Cyrène*. Tête d'Ammon, etc. — Dixièmes de statère d'or, trois
pièces.

529. Monnaies d'argent et de potin : Tarente, Byzance, Chersonnèse de
Thrace, Acanthe, Amphipolis, Alexandre le Grand, Colchis.
Alexandrie, etc., quarante-trois pièces.

530. Médailles fausses : Kamnaskyrès et Anzaze, Antioche de Carie. —
Tétradrachmes, trois pièces.

531. Monnaies de bronze, un lot de plus de deux cents pièces.

2) MONNAIES ROMAINES

532. Deniers consulaires : Acilia, Baebia, Caecilia, Clodia, Cloulia.
Cordia, Fabia, Fonteia, Furia, Porcia, dix-sept pièces. — Qui-
naires, deux pièces. Argent.

533. *Trajan*. ℞ CONSERVATORI PATRIS PATRIAE. Jupiter
debout, étendant son bras droit au-dessus de l'Empereur. — Or.

534. *Antonin*. ℞ TR POT XIIII COS IIII. PAX. La Paix debout. — Or.

535. *Faustine Jeune*. ℞ VENVS. Vénus debout, tenant une pomme. — Or.

536. *Vérus*. ℞ VIC. AVG. TR. P. VI. COS. II. Victoire volant à
gauche. — Or.

537. Deniers impériaux : Vespasien, Domitien, les deux Faustine et
Julia Domna. — Argent, onze pièces.

538. Grands, moyens et petits bronzes romains, cent quatre-vingt-quatre
pièces.

3) MONNAIES BYZANTINES

539. *Marcien*. ℞ VICTORIA AVGVSTORVM. Tiers de sou d'or.
Sabatier, pl. 6, 9.

540. *Constant II, Pogonat, Heraclius et Tibère*. Deux bustes. ℞ Deux
figures en pied. Sou d'or. Sab., pl. 34, 17.

541. *Michel III*. Sou d'or épais. Sab., pl. 44, 11.

542. *Romain IV et Eudocie*. Sou d'or concave. Sab., pl. 50, 11.

543. *Manuel I Comnène*. Sou d'or concave. Sab., pl. 55, 4.

544. Monnaies d'argent, trois pièces.

545. Monnaies de bronze, soixante et onze pièces.

4 MOYEN AGE ET TEMPS MODERNES

546. Tiers de sou d'or mérovingien. Baudegiselus, frappé à Chalon-sur-
Saône.

547. *Venise*. Sequin d'or de François Foscari. — *Belgique*. Écu d'or,
1673. — *Allemagne*. Vue de Ratisbonne. Or. — *Salzbourg*. Gui,
évêque. Or. — Quatre pièces.

548. Lorraine, Treves, Empereurs d'Allemagne, Brandebourg, Emden,
Zwolle. — Argent, dix-huit pièces.

549. Pologne. Venise. — Argent, cinq pièces.

550. *Espagne*. Charles IV, proclamations, etc., etc. — Argent. — Seize
pièces.

551. Monnaies diverses en cuivre. — Cinquante-sept pièces.

BIBLIOTHÈQUE

552 — Babelon (E.). Catalogue des Camées antiques et modernes de la
Bibliothèque Nationale. — Paris, 1897. 1 vol. de texte, grand in-8°,
et un atlas 4°. Demi-rel. chagrin.

553 — Berger (Philippe). Histoire de l'Écriture dans l'antiquité. —
Paris, 1891. Grand in-8° (pl. et vignettes). Demi-rel. en maroquin
rouge.

554 — Codera y Zaidin. Tratado de numismatica arabigo-española. —
Madrid, 1879. — Armoiries des Chevaliers de Rhodes. — 1 vol.
cart. (pl.).

555 — Fraehn (C.-M.). Beitraege zur muhammedanischen Münzkunde
aus St Petersburg. Berlin, s. d. — Adler. Museum Cuficum Bor-
gianum Velitris. Rome, 1782 — 1794 (pl.), cart.

556 — Galib Edhem. Numismatique ottomane (en langue turque). —
Constantinople, 1894. Grand in-8° pl., cart.

557 — Lavoix (Henri). Catalogue des Monnaies musulmanes de la
Bibliothèque Nationale. 3 vol. grand in-8°. — Paris, 1887-96.
Demi-rel. chagrin.

CATALOGUES DE VENTE ILLUSTRÉS

558 — Gréau (Julien). Terres cuites grecques. — Paris, 1891. Grand
in-8° (pl. et fig.). Demi-chagrin.

559 — Piot (Eugène). Antiquités. Paris, 1890. — Joly de Bammeville.
Antiquités. Paris, 1893. — Hoffmann (H.). Antiquités égyptiennes.
Paris, 1894. En 1 vol. grand in-8° (pl. et fig.). Demi-chagrin.

560 — Ponton d'Amécourt. Monnaies d'or romaines et byzantines. —
Paris, 1887. Grand in-8° (pl.). Demi-rel. chagrin.

561 — Un fort lot de Catalogues de vente brochés : Forman, de Monti-
gny, Hartmann, Gréau, Tyszkiewicz, etc.

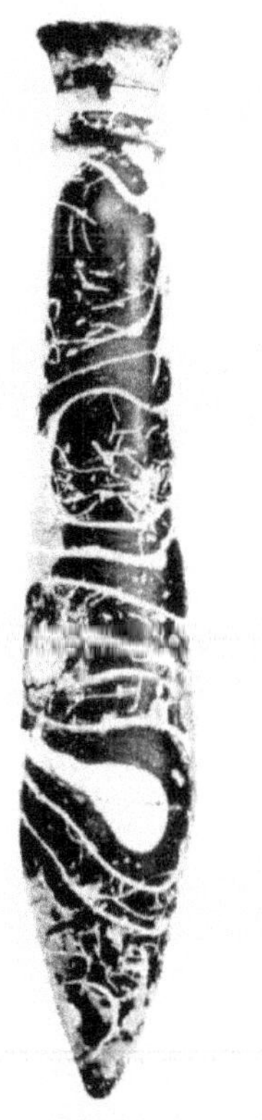

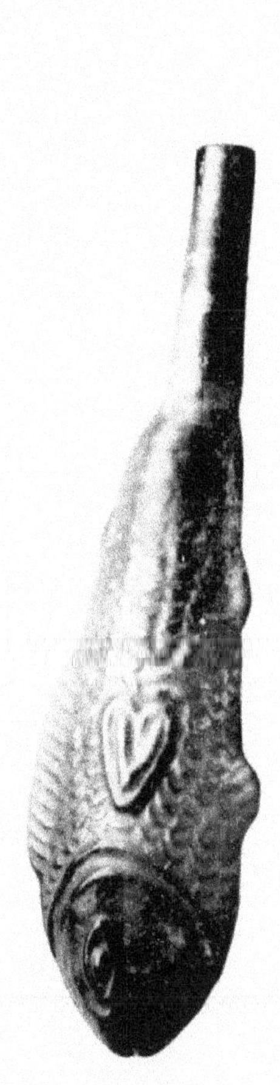

Ethiopie Meridionale. Paris

13
14
15

16

17

18

19

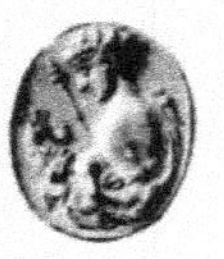

RED. :

24

graphicom

0 1 2 3 4 5 6 7 8 9 10